培育语文核心素养

◆

经典阅读文库

徐志摩经典作品集

徐志摩 著

河北出版传媒集团

花山文艺出版社

图书在版编目(CIP)数据

徐志摩经典作品集 / 徐志摩著 . — 石家庄：花山
文艺出版社，2018.4（2021.1 重印）
ISBN 978-7-5511-3880-2

Ⅰ . ①徐… Ⅱ . ①徐… Ⅲ . ①散文集 – 中国 – 现代
②诗集 – 中国 – 现代 Ⅳ . ① I216.2

中国版本图书馆 CIP 数据核字 (2018) 第 048919 号

书　　名：**徐志摩经典作品集**

作　　者：徐志摩

策　　划：张采鑫

责任编辑：董　舸

责任校对：齐　欣

特约编辑：李文生

全案设计：北京九洲鼎图书有限公司

出版发行：花山文艺出版社（邮政编码：050061）
　　　　　（河北省石家庄市友谊北大街 330 号）

销售热线：0311–88643221/29/31/32/26

传　　真：0311–88643225

印　　刷：三河市悦鑫印务有限公司

经　　销：新华书店

开　　本：700×1000　1/16

字　　数：105 千字

印　　张：9.5

版　　次：2018 年 6 月第 1 版
　　　　　2021 年 1 月第 3 次印刷

书　　号：ISBN 978-7-5511-3880-2

定　　价：29.90元

志摩所以能使朋友这样哀念他，只是因为他的为人整个的只是一团同情心，只是一团爱。

他的人生观真是一种"单纯信仰"，这里面只有三个大字：一个是爱，一个是自由，一个是美。他梦想这三个理想的条件能够会合在一个人生里。

——胡 适

我数十年来奔走四方，遇见的人也不算少，但是还没见到一个人比徐志摩更讨人欢喜。讨人欢喜不是一件容易事，须要出之自然，不是勉强造作出来的。必其人本身充实，有丰富的情感，有活泼的头脑，有敏锐的机智，有广泛的兴趣，有洋溢的生气，然后才能容光焕发，脚步矫健；然后才能引起别人的一团高兴；志摩在这一方面可以说是得天独厚。

——梁实秋

志摩最动人的特点，是他那不可信的纯净的天真，对他的理想的愚诚，对艺术欣赏的认真，对情感体会的切实，这全是难能可贵到了极点。……他比我们近情，比我们热诚，比我们天真，比我们对万物都更有信仰，对神，对人，对灵，对自然，对艺术！

——林徽因

语文核心素养与经典阅读

中华人民共和国建国几十年来，语文教学实现了由"语文教学大纲"到"语文课程标准"再到"语文核心素养"的三级跳远。如果说"语文教学大纲"解决了森林的每棵树是什么的问题；那么，"语文课程标准"就解决了由树成林的整体观；而"语文核心素养"则解决了树如何成林，成林后有什么用处的大问题。

在"语文教学大纲"时代，解决一个一个的知识点是教学的重要任务，于是一篇篇文章被贴上无数的知识标签，在课堂上被一一肢解，学生被灌输了无数的知识点却"只见树木不见森林"。"语文课程标准"的颁布实施，让中国的语文教学前进了一大步，真正把语文教学放在"课程"里整体思考，整体设计教学思路，将知识、能力、情感、态度、价值观融为一体统筹安排，但其终极目标却语焉不详或无法操作而最终"形似而实不是"。"语文核心素养"是在全面落实"立德树人"教育目标下提出来的，旨在通过语文自有的教育功能为当代合格青少年的成长过程提供必要的养料和条件。

什么是"语文核心素养"？北京师范大学资深教授王宁认为：语文核心素养是学生在积极主动的语言实践活动中构建起来、并在真实的语言运用情境中表现出来的个体语言经验和言语品质；是学生在语文学习中获得的语言知识与语言能力、思维方法和思维品质，是基于正确的情感、态度和价值观的审美情趣和文化感受能力的综合体现。简言之，语文核心素养包含四个主题词，即语言、思维、审美和文化。

我们为什么要阅读经典，如何阅读经典，它和语文核心素养的养成有什么关系？

木心说，阅读经典无非就是让我们找到了一个制高点。我们可以站在这个制高点上，去回首我们的过去的经历，评判我们的得失；也可以更加开阔的视野瞭望世界，"极目楚天舒"。这说明"读什么"比"怎么读"更为重要。

中外经典繁多。中国古代文学是一座宝库，但需要掌握一定的知识和能力，需要有适合的导读和引领。中国当代文学由于还需要时间的沉淀、批判与选择。而中国现代文学由于离我们不太遥远，且由于其所处时代的特殊性，给我们的阅读提供了多种可能性。因此，在几年前"经典阅读与语文教育"课题被中国教育学会中学语文教学专业委员会批准立项时，课题组就锁定中国现代文学经典作为研究对象。这些经典，不仅有二十世纪二三四十年代冲破铁屋子的呐喊，落后与苦难下的坚守，民族存亡的抗争，也有中华人民共和国成立的喜悦和投身火热建设中的豪情，其家国情怀无不令人动容。通过阅读这些经典，学习作家们的语言运用技巧，积累语言并内化，提升自己的语言建构与运用能力；学习作家们批判与发现精神，促进自己的思维发展与提升；学会欣赏和评价作家们的作品，培养自己的审美鉴赏与创造能力；学习作家们对中外文化的包容、借鉴、继承，加强自己对文化的传承与理解。

最后借用我国著名作家王蒙先生的话与读者共勉：读书的亮点在于照亮生活，生活的亮点包括积累智慧与学问。生活与读书是互见、互证、互相照耀的关系。书没有生活那么丰富，但是应该更集中了光照与穿透的能力。不做懒汉，不做侏儒！用脑阅读，用心阅读！用阅读攀登精神的高峰！

目录

散文

青年永远趋向反叛，爱好冒险；永远如初渡航海者，幻想黄金机缘于浩森的烟波之外。

诗

歌

小　诗

月，我含羞地说，
请你登记我冷热交感的情泪，
　　在你专登泪债的哀情录里；

月，我哽咽着说，
请你查一查我年表的滴滴清泪，
　　是放新账还是清旧欠呢？

清风吹断春朝梦

片片鹅绒眼前纷舞，

　　疑是梅心蝶骨醉春风；

一阵阵残琴碎箫鼓，

　　依稀山风催瀑弄青松：

梦底的幽情，素心，

缥缈的梦瑰，梦境，——

都教晓鸟声里的清风，

轻轻吹拂——吹拂我枕衾，

枕上的温存——将春梦解成

丝丝缕缕，零落的颜色声音！

这些深灰浅紫，梦魂的认识，

依然黏恋在梦上的边陲。

无如风吹尘起，漫漫梦展，

纵心愿归去，也难不见涂踪便；

清风！你来自青林幽谷，

　　款布自然的音乐，

　　　　　轻怀草意和花香，

　　　　　温慰诗人的幽独，

　　　　　攀帘问小姑无恙，

　　　　　否你晨来呼唤，

　　　　　唤散一缘绻缱——

　　　　　梦里深浓的恩缘？

　　　　　任春朝富的温柔，

　　　　　问谁偿逍遥自由？

只看一般梦意阑珊，——

诗心，恋魂，理想的彩云，——

一似狼藉春阴的玫瑰，

一似鹃鸟黎明的幽叹，

韵断香散，仰望天高云远，

梦翅双飞，一逝不复还！

　　　十日前作《春梦》，偶然拈得此题，今日始勉强成咏，诗

意过揉且隐，词只掠影之功，音节不纯，尤所深憾；然梦固难显，

灵奥亦何能遽达，独恨神游未远，又被同来阻隔耳！

　　　　　　　　　　　　　　　　　　　　　八月三日

沪 杭 车 中

匆匆匆！催催催！

一卷烟，一片山，几点云影，

一道水，一条桥，一支橹声，

一林松，一丛竹，红叶纷纷；

艳色的田野，艳色的秋景，

梦境似的分明，模糊，消隐，——

催催催！是车轮还是光阴？

催老了秋容，催老了人生！

雪花的快乐

假如我是一朵雪花，

翩翩地在半空里潇洒，

　我一定认清我的方向——

　　飞飏，飞飏，飞飏，——

这地面上有我的方向。

不去那冷寞的幽谷，

不去那凄清的山麓，

　也不上荒街去惆怅——

　　飞飏，飞飏，飞飏，——

你看，我有我的方向！

在半空里娟娟地飞舞，

认明了那清幽的住处，

　等着她来花园里探望——

　　飞飏，飞飏，飞飏，——

啊，她身上有朱砂梅的清香！

那时我凭借我的身轻，

盈盈的，沾住了她的衣襟，

　贴近她柔波似的心胸——

　消溶，消溶，消溶——

溶入了她柔波似的心胸！

西伯利亚道中忆西湖秋雪庵芦色作歌

我捡起一枝肥圆的芦梗，

　　在这秋月下的芦田；

我试一试芦笛的新声，

　　在月下的秋雪庵前。

这秋月是纷飞的碎玉，

　　芦田是神仙的别殿；

我弄一弄芦管的幽乐——

　　我映影在秋雪庵前。

我先吹我心中的欢喜——

　　清风吹露芦雪的酥胸；

我再弄我欢喜的心机——

　　芦田中见万点的飞萤。

我记起了我生平的惆怅，

　　中怀不禁一阵的凄迷，

笛韵中也听出了新来凄凉——

近水间有断续的蛙啼。

这时候芦雪在明月下翻舞，

　　我暗地思量人生的奥妙，

我正想谱一折人生的新歌，

　　啊，那芦笛（碎了）再不成音调！

这秋月是缤纷的碎玉，

　　芦田是仙家的别殿；

我弄一弄芦管的幽乐，——

　　我映影在秋雪庵前。

我捡起一枝肥圆的芦梗，

　　在这秋月下的芦田；

我试一试芦笛的新声，

　　在月下的秋雪庵前。

翡冷翠的一夜

你真的走了，明天？那我，那我，……

你也不用管，迟早有那一天；

你愿意记着我，就记着我，

要不然趁早忘了这世界上

有我，省得想起时空着恼，

只当是一个梦，一个幻想；

只当是前天我们见的残红，

怯怜怜的在风前抖擞，一瓣，

两瓣，落地，叫人踩，变泥……

唉，叫人踩，变泥——变了泥倒干净，

这半死不活的才叫是受罪，

看着寒碜，累赘，叫人白眼——

天呀！你何苦来，你何苦来……

我可忘不了你，那一天你来，

就比如黑暗的前途见了光彩，

你是我的先生，我爱，我的恩人，

你教给我什么是生命，什么是爱，

你惊醒我的昏迷，偿还我的天真，

没有你我哪知道天是高，草是青？

你摸摸我的心，它这下跳得多快；

再摸我的脸，烧得多焦，亏这夜黑

看不见；爱，我气都喘不过来了，

别亲我了；我受不住这烈火似的活，

这阵子我的灵魂就像是火砖上的

熟铁，在爱的锤子下，砸，砸，火花

四散的飞洒……我晕了，抱着我，

爱，就让我在这儿清静的园内，

闭着眼，死在你的胸前，多美！

头顶白杨树上的风声，沙沙的，

算是我的丧歌，这一阵清风，

橄榄林里吹来的，带着石榴花香，

就带了我的灵魂走，还有那萤火，

多情的殷勤的萤火，有他们照路，

我到了那三环洞的桥上再停步，

听你在这儿抱着我半暖的身体，

悲声的叫我、亲我、摇我、咂我，……

我就微笑地再跟着清风走，

随他领着我，天堂、地狱，哪儿都成，

反正丢了这可厌的人生，实现这死

在爱里，这爱中心的死，不强如

五百次的投生？……自私，我知道，

可我也管不着……你伴着我死？

什么，不成双就不是完全的"爱死"，

要飞升也得两对翅膀儿打伙，

进了天堂还不一样的得照顾，

我少不了你，你也不能没有我；

要是地狱，我单身去你更不放心，

你说地狱不定比这世界文明，

（虽则我不信，）像我这娇嫩的花朵，

难保不再遭风暴，不叫雨打，

那时候我喊你，你也听不分明，——

那不是求解脱反投进了泥坑，

倒叫冷眼的鬼串通了冷心的人，

笑我的命运，笑你懦怯的粗心？

这话也有理，那叫我怎么办呢？

活着难，太难，就死也不得自由，

我又不愿你为我牺牲你的前程……

唉！你说还是活着等，等那一天！

有那一天吗？——你在，就是我的信心；

可是天亮你就得走，你真的忍心

丢了我走？我又不能留你，这是命；

但这花，没阳光晒，没甘露浸，

不死也不免瓣尖儿焦萎，多可怜！

你不能忘我，爱，除了在你的心里，

我再没有命，是，我听你的话，我等，

等铁树儿开花我也得耐心等；

爱，你永远是我头顶的一颗明星：

要是不幸死了，我就变一个萤火，

在这园里，挨着草根，暗沉沉的飞，

黄昏飞到半夜，半夜飞到天明，

只愿天空不生云，我望得见天，

天上那颗不变的大星，那是你，

但愿你为我多放光明，隔着夜，

隔着天，通着恋爱的灵犀一点……

六月十一日，一九二五年翡冷翠山中

乡村里的音籁

小舟在垂柳荫间缓泛，

　一阵阵初秋的凉风，

　吹生了水面的漪绒，

吹来两岸乡村里的音籁。

我独自凭着船窗闲憩，

　静看着一河的波幻，

　静听着远近的音籁，

又一度与童年的情景默契！

这是清脆的稚儿的呼唤，

　田场上工作纷纭，

　竹篱边犬吠鸡鸣，

但这无端的悲感与凄婉！

白云在蓝天里飞行，

　我欲把恼人的年岁，

　我欲把恼人的情爱，

托付与无涯的空灵——消泯！

回复我纯朴的，美丽的童心：

　　像山谷里的冷泉一勺，

　　像晓风里的白头乳鹊，

　　像池畔的草花，自然的鲜明。

再 别 康 桥

轻轻的我走了，
　　正如我轻轻的来；
我轻轻的招手，
　　作别西天的云彩。

那河畔的金柳，
　　是夕阳中的新娘；
波光里的艳影，
　　在我的心头荡漾。

软泥上的青荇，
　　油油的在水底招摇；
在康河的柔波里，
　　我甘心做一条水草！

那榆荫下的一潭，
　　不是清泉，是天上虹
揉碎在浮藻间，

沉淀着彩虹似的梦。

寻梦？撑一支长篙，

　向青草更青处漫溯，

满载一船星辉，

　在星辉斑斓里放歌。

但我不能放歌，

　悄悄是别离的笙箫；

夏虫也为我沉默，

　沉默是今晚的康桥！

悄悄的我走了，

　正如我悄悄的来；

我挥一挥衣袖，

　不带走一片云彩。

十一月六日　中国海上

杜　　鹃

杜鹃，多情的鸟，他终宵唱：

在夏荫深处，仰望着流云，

飞蛾似围绕亮月的明灯，

星光疏散如海滨的渔火，

甜美的夜在露湛里休憩，

他唱，他唱一声"割麦插禾"——

农夫们在天放晓时惊起。

多情的鹃鸟，他终宵声诉，

是怨，是慕，他心头满是爱，

满是苦，化成缠绵的新歌，

柔情在静夜的怀中颤动；

他唱，口滴着鲜血，斑斑的，

染红露盈盈的草尖，晨光

轻摇着园林的迷梦；他叫，

他叫，他叫一声："我爱哥哥！"

残　破

一

深深的在深夜里坐着：

当窗有一团不圆的光亮，

　风挟着灰土，在大街上

　　小巷里奔跑：

我要在枯秃的笔尖上袅出

一种残破的残破的音调，

为要抒写我的残破的思潮。

二

深深的在深夜里坐着：

生尖角的夜凉在窗缝里

　妒忌屋内残余的暖气，

　　也不饶恕我的肢体：

但我要用我半干的墨水描成

一些残破的残破的花样，

因为残破，残破是我的思想。

三

深深的在深夜里坐着，

左右是一些丑怪的鬼影：

　　焦枯的落魄的树木

　　　在冰沉沉的河沿叫喊，

　　　比着绝望的姿势，

正如我要在残破的意识里

重兴起一个残破的天地。

四

深深的在深夜里坐着，

闭上眼回望到过去的云烟：

啊，她还是一枝冷艳的白莲，

　　斜靠着晓风，万种的玲珑；

但我不是阳光，也不是露水，

我有的只是些残破的呼吸，

　　如同封锁在壁椽间的群鼠，

追逐着，追求着黑暗与虚无！

云　游

那天你翩翩地在空际云游，
自在，轻盈，你本不想停留
在天的那方或地的那角，
你的愉快是无拦阻的逍遥。

你更不经意在卑微的地面
有一流涧水，虽则你的明艳
在过路时点染了他的空灵，
使他惊醒，将你的倩影抱紧。

他抱紧的只是绵密的忧愁，
因为美不能在风光中静止；
他要，你已飞度万重的山头，
去更阔大的湖海投射影子！

他在为你消瘦，那一流涧水，
在无能的盼望，盼望你飞回！

草上的露珠儿

草上的露珠儿

　　颗颗是透明的水晶球，

新归来的燕儿

　　在旧巢里呢喃个不休；

诗人哟！可不是春至人间

　　　还不开放你

　　　创造的喷泉，

嗤嗤！吐不尽南山北山的璠瑜，

　　　洒不完东海西海的琼珠，

　　　融和琴瑟箫笙的音韵，

　　　饮餐星辰日月的光明！

诗人哟！可不是春在人间，

　　　还不开放你

　　　创造的喷泉！

这一声霹雳

　　震破了漫天的云雾，

显焕的旭日

　又升临在黄金的宝座；

柔软的南风

　吹皱了大海慷慨的面容，

洁白的海鸥

　　上穿云下没波自在优游；

诗人哟！可不是趁航时候，

　还不准备你

　　　歌吟的渔舟！

看哟！那白浪里

　　　金翅的海鲤，

　　　白嫩的长鲩，

　　　虾须和蟛脐！

快哟！一头撒网一头放钩，

　　　收！收！

你父母妻儿亲戚朋友

　享定了稀世的珍馐。

诗人哟！可不是趁航时候，

　　　还不准备你

　　　歌吟的渔舟！

诗人哟！

　　你是时代精神的先觉者哟！

　　你是思想艺术的集成者哟！

　　你是人天之际的创造者哟！

　　你资材是河海风云，

　　鸟兽花草神鬼蝇蚊，

　　一言以蔽之：天文地文人文；

你的洪炉是"印曼桀乃欣"，

　　永生的火焰"烟士披里纯"，

　　炼制着诗化美化灿烂的鸿钧；

　　你是高高在上的云雀天鹨，

　　纵横四海不问今古春秋，

　　散布着稀世的音乐锦绣；

　　你是精神困穷的慈善翁，

　　你展览真善美的万丈虹，

　　你居住在真生命的最高峰。

笑解烦恼结（送幼仪）

一

这烦恼结，是谁家扭得水尖儿难透？

这千缕万缕烦恼结是谁家忍心机织？

这结里多少泪痕血迹，应化沉碧！

忠孝节义——咳，忠孝节义谢你维系

　　四千年史髅不绝，

却不过把人道灵魂磨成粉屑，

黄海不潮，昆仑叹息，

四万万生灵，心死神灭，中原鬼泣！

咳，忠孝节义！

二

东方晓，到底明复出，

如今这盘糊涂账，

如何清结？

三

莫焦急，万事在人为，只消耐心

　　共解烦恼结。

虽严密，是结，总有丝缕可觅，

莫怨手指儿酸、眼珠儿倦，

可不是抬头已见，快努力！

四

如何！毕竟解散，烦恼难结，烦恼苦结。

来，如今放开容颜喜笑，握手相劳；

此去清风白日，自由道风景好。

听身后一片声欢，争道解散了结儿，

　　消除了烦恼！

青年杂咏

一

青年!

你为什么沉湎于悲哀?

你为什么耽乐于悲哀?

你不幸为今世的青年,

你的天是沉碧奈何天;

你筑起了一座水晶宫殿,

在"眸冷骨累"（melancholy）的河水边。

河流流不尽骨累眸冷,

还夹着些些残枝断梗,

一声声失群雁的悲鸣,

水晶宫朝朝暮暮反映——

映出悲哀,飘零,眸子吟,

无聊,宇宙,灰色的人生,

你独生在宫中,青年呀,

霉朽了你冠上的黄金!

二

青年！

你为什么迟徊于梦境？

你为什么迷恋于梦境？

你幸而为今世的青年，

你的心是自由梦魂心，

你抛弃你尘秽的头巾，

解脱你肮脏的外内衿，

露出赤条条的洁白身，

跃入缥缈的梦潮清冷。

浪势奔腾，侧眼波罅里，

看朝彩晚霞，满天的星，——

梦里的光景，模糊，绵延，

却又分明；梦魂，不愿醒，

为这大自在的无终始，

任凭长鲸吞噬，亦甘心。

三

青年！

你为什么醉心于革命，

你为什么牺牲于革命？

黄河之水来自昆仑巅，

泛流华族支离之遗骸，

挟黄沙莽莽，沉郁音响，

苍凉，惨如鬼哭满中原！

华族之遗骸！浪花荡处

尚可认伦常礼教，祖先，

神主之断片，——君不见

两岸遗孽，枉戴着忠冠、

孝辫、抱缺守残，泪眼看

风云暗淡，"道丧"的人间！

运也！这狂澜，有谁能挽，

问谁能挽精神之狂澜？

一九二二年春在英国写成

春

康河右岸皆学院，左岸牧场之背，榆荫密覆，大道迂回，一望葱翠，春尤浓郁，但闻虫鸟语，校舍寺塔掩映林巅，真胜处也。迩来草长日丽，时有情耦隐卧草中，密话风流。我常往复其间，辄成左作。

河水在夕阳里缓流，
暮霞胶抹树干数头；
蚱蜢飞，蚱蜢戏吻草光光，
我在春草里看看走走。

蚱蜢匍伏在铁花胸前，
铁花羞得不住地摇头，
草里忽伸出只藕嫩的手，
将孟浪的跳虫拦腰紧捞。

金花菜，银花菜，星星澜澜，
点缀着天然温暖的青毡，
青毡上青年的情耦，

情意胶胶，情话啾啾。

我点头微笑，南向前走，

观赏这青透春透的园囿，

树尽交柯，草也骄偶，

到处是缱绻，是绸缪。

雀儿在人前猥盼亵语，

人在草处心欢面赧，

我羡他们的双双对对，

有谁羡我孤独地徘徊？

孤独地徘徊！

我心须何尝不热奋震颤，

答应这青春的呼唤，

燃点着希望灿灿，

春呀！你在我怀抱中也！

一九二二年春在英国写成

夏日田间即景（近沙世顿）

柳林青青，

南风熏熏，

幻成奇峰瑶岛，

一天的黄云白云，

那边麦浪中间，

有农妇笑语殷殷。

笑语殷殷——

问后园豌豆肥否，

问杨梅可有鸟来偷；

好几天不下雨了，

玫瑰花还未曾红透；

梅夫人今天进城去，

且看她有新闻无有。

笑语殷殷——

"我们家的如今好了，

已经照常上工去，

不再整天无聊，

不再逞酒使气，

回家来有说有笑，

疼他儿女——爱他妻；

呀！真巧！你看那边，

蓬着头，走来的，笑嘻嘻，

可不是他，（哈哈！）满身是泥！"

南风熏熏，

草木青青，

满地和暖的阳光，

满天的白云黄云，

那边麦浪中间，

有农夫农妇，笑语殷殷。

沙世顿重游随笔

一

许久不见了，满田的青草黄花！

你们在风前点头微笑，仿佛说彼此无恙。

今春雨少，你们的面容着实清癯；

我一年来也无非是烦恼跟跄；

见否我白发骈添，眉峰的愁痕未隐？

你们是需要雨露，人间只缺少同情。——

青年不受恋爱的滋润，比如春阳霖雨，照洒沙碛永远不得收成。

但你们还有众多的伴侣；

在"大母"慈爱的胸前，和晨风软语，听晨星骈唱，

每天农夫赶他牛车经过，谈论村前村后的新闻，

有时还有美发罗裙的女郎，来对你们声诉她遭逢的薄幸。

至于我的灵魂，只是常在他囚羁中忧伤岑寂；

他仿佛是"衣司业尔"彷徨的圣羊。

二

许久不见了，最仁善公允的阳光！

你们现正斜倚在这残破的墙上，

牵动了我不尽的回忆，无限的凄怆。

我从前每晚散步的欢怀，

总少不了你殷勤的照顾。

你吸起人间畅快和悦的心潮，

有似明月勾引湖海的夜汐；

就此茌苒临逝的回光，不但完成一天的功绩，

并且预告晴好的清晨，吩咐勤作的农人，安度良宵。

这满地零乱的栗花，都像在你仁荫里欢舞。

对面楼窗口无告的老翁，

也在饱啜你和煦的同情：

他皱缩昏花的老眼，似告诉人说：

都亏这养老棚朝西，容我每晚享用莫景的温存：

这是天父给我不用求讨的慰藉。

三

许久不见了，和悦的旧邻居！

那位白须白发的先生，正在趁晚凉将水浇菜，

老夫人穿着蓝布的长裙，站在园篱边微笑。

一年过得容易，

那篱畔的苹花，已经落地成泥！

这些色香两绝的玫瑰的种畴在八十老人跟前，

好比艳眼的少艾，独倚在虬松古柏的中间，

他们笑着对我说结婚已经五十三年，

今年十月里预备金婚；

来到此村三十九年，老夫人从不曾半日离家，

每天五时起工作，眠食时刻，四十年如一日；

莫有儿女，彼此如形影相随，

但管门前花草后园蔬果，

从不问村中事情，更不晓世上有春秋，

老夫人拿出他新制的杨梅酱来请我尝味，

因为去年我们在时吃过，曾经赞好。

四

那灰色墙边的自来井前，上面盖着栗树的浓荫，

残花还不时地堕落，

站着位十八的郎，

他发上络住一支藤黄色的梳子，衬托着一大股蓬松的褐色细麻，

转过头来见了我，微微一笑，

脂江的唇缝里，漏出了一声有意无意的"你好！"

五

那边半尺多厚的干草，铺顶的低屋前，

依旧站着一年前整天在此的一位褴褛老翁，

他曲着背将身子承住在一根黑色杖上，

后脑仅存几茎白发，和着他有音节的咳嗽，上下颤动。

我走过他跟前，照例说了晚安，

他抬起头向我端详，

一时口角的皱纹，齐向下颔紧叠，

吐露些不易辨认的声响，接着几声干涸的咳嗽。

我瞥见他右眼红腐，像烂桃颜色（并不可怕），

一张绝扁的口，挂着一线口涎。

我心里想阿弥陀佛，这才是老贫病的三角同盟。

六

两条牛并肩在街心里走来，

卖弄他们最庄严的步法。

沉着迟重的蹄声，轻撼了晚村的静默。

一个赤腿的小孩，一手扳着门枢，

一手的指甲腌在口里，

瞪着眼看牛尾的撩拂。

七

一个穿制服的人，向我行礼，

原来是从前替我们送信的邮差，

他依旧穿黑呢红边的制衣，背着皮袋，手里握着一叠信。

只见他这家进，那家出，有几家人在门外等他，

他捱户过去，继续说他的晚安，只管对门牌投信，

他上午中午下午一共巡行三次，每次都是刻板的面目；

雨天风天，晴天雪天，春天冬天，

他总是循行他制定的责务；

他似乎不知道他是这全村多少喜怒悲欢的中介者；

他像是不可防御的运命自身。

有人张着笑口迎他，

有人听得他的足音，便惶恐震栗；

但他自来自去，总是不变的态度。

他好比双手满抓着各式情绪的种子，向心田里四撒；

这家的笑声，那边的幽泣；

全村顿时增加的脉搏心跳，唏嘘叹息，

都是盲目工程的结果，

他哪里知道人间最大的消息，

都曾在他褴旧的皮袋里住过，

在他干黄的手指里经过——

可爱可怖的邮差呀！

　　　　　　　　　　　　　　　　　　　一九二二年在英国写成

康桥西野暮色

一个大红日挂在西天

紫云绯云褐云

簇族斑斑田田

青草黄田白水

郁郁密密鬅鬅

红瓣黑蕊长梗

罂粟花三三两两

一大块透明的琥珀

千百折云凹云凸

南天北天暗暗默默

东天中天舒舒阔阔

宇宙在寂静中构合

太阳在头赫里告别

一阵临风

几声"可可"

一颗大胆的明星

仿佛骄矜的小艇

抵牾着云涛云潮

兀兀漂漂潇潇

侧眼看暮焰沉销

回头见伙伴来！

晚霞在林间田里

晚霞在原上溪底

晚霞在风头风尾

晚霞在村姑眉际

晚霞在燕喉鸦背

晚霞在鸡啼犬吠

晚霞在田陇陌上

陌上田垅行人种种

白发的老妇老翁

屈躬咳嗽龙钟

农夫工罢回家

肩锄手篮口衔菰巴

白衣裳的红腮女郎

攀折几茎白葩红英

笑盈盈翳入绿荫森森

跟着肥满蓬松的"北京"

罂粟在凉园里摇曳

白杨树上一阵鸦啼

夕照只剩了几痕紫气

满天镶嵌着星巨星细

田里路上寂无声响

榆荫里的村屋微泄灯芒

冉冉有风打树叶的抑扬

前面远远的树影塔光

罂粟老鸦宇宙婴孩

一齐沉沉奄奄眠熟了也

一九二二年在英国写成

听槐格讷（Wagner）乐剧

是神权还是魔力，
搓揉着雷霆霹雳，
暴风、广漠的怒号，
绝海里骇浪惊涛；

地心的火窖咆哮，
回荡，狮虎似狂嗥，
仿佛是海裂天崩，
星陨日烂的朕兆；

忽然静了；只剩有
松林附近，乌云里
漏下的微嘘，拂狃
村前的酒帘青旗；

可怖的伟大凄静
万壑层岩的雪景，
偶尔有冻鸟横空，
摇曳零落的悲鸣；

悲鸣，胡笳的幽引，

雾结冰封的无垠，

隐隐有马蹄铁甲

篷帐悉索的荒音；

荒音，洪变的先声，

鼙鼓金钲暮光荡怒，

霎时间万马奔腾，

酣斗里血流虎虎，

是泼牢米修亿司（Prometheus）

的反叛，抗天拯人

的奋斗，高加山前

挚鹰刳胸的创呻；

是恋情，悲情，惨情，

是欢心，苦心，赤心；

是弥漫，普遍，神幻，

消金灭圣的性爱；

是艺术家的幽骚，

是天壤间的烦恼，

是人类千年万年

郁积未吐的无聊；

这沉郁酝酿的牢骚，

这猖獗圣洁的恋爱，

这悲天悯人的精神，

贯透了艺术的天才。

性灵，愤怒，慷慨，悲哀，

管弦运化，金革调合，

创制了无双的乐剧，

革音革心的槐格讷！

　　　　　　　　　　一九二二年五月二十五日在英国写成

情死（Liebstch）

玫瑰，压倒群芳的红玫瑰，昨夜的雷雨，原来是你发出的信号，——真娇贵的丽质！

你的颜色，是我视觉的醇醪；我想走近你，但我又不敢。

青年！几滴白露在你额上，在晨光中吐艳。

你颊上的笑容，定是天上带来的；可惜世界太庸俗，不能供给他们常住的机会。

你的美是你的运命！

我走近来了；你迷醉的色香又征服了一个灵魂——我是你的俘虏！

你在那里微笑！我在这里发抖。

你已经登了生命的峰极。你向你足下望——一个天底的深潭！

你站在潭边，我站在你的背后，——我，你的俘虏。

我在这里微笑！你在那里发抖。

丽质是命运的命运。

我已经将你擒捉在手内——我爱你，玫瑰！

色、香、肉体、灵魂、美、迷力——尽在我掌握之中。

我在这里发抖，你——笑。

玫瑰！我顾不得你玉碎香销，我爱你！

花瓣、花萼、花蕊，花刺、你，我——多么痛快啊！——尽胶结在一起；一片狼藉的猩红，两手模糊的鲜血。

玫瑰！我爱你！

月 夜 听 琴

是谁家的歌声，

和悲缓的琴音，

星茫下，松影间，

有我独步静听。

音波，颤震的音波，

穿破昏夜的凄清，

幽冥，草尖的鲜露，

动荡了我的灵府。

我听，我听，我听出了

琴情，歌者的深心。

枝头的宿鸟休惊，

我们已心心相印。

休道她的芳心忍，

她为你也曾吞声，

休道她淡漠，冰心里

满蕴着热恋的火星。

记否她临别的神情，

满眼的温柔和酸辛，

你握着她颤动的手——

一把恋爱的神经？

记否你临别的心境，

冰流沦彻你全身，

满腔的抑郁，一海的泪，

可怜不自由的魂灵！

松林中的风声哟！

休扰我同情的倾诉；

人海中能有几次

恋潮淹没我的心滨？

那边光明的秋月，

已经脱卸了云衣，

仿佛喜声地笑道：

"恋爱是人类的生机！"

我多情的伴侣哟！

我羡你蜜甜的爱唇，

却不道黄昏和琴音

联就了你我的神交！

我是个无依无伴的小孩

我是个无依无伴的小孩，

无意地来到生疏的人间：

我忘了我的生年与生地

只记从来处的草青日丽；

青草里满泛我活泼的童心，

好鸟常伴我在艳阳中游戏；

我爱啜野花上的白露清鲜；

爱去流涧边照弄我的童颜；

我爱与初生的小鹿儿竞赛，

爱聚沙砾仿造梦里的庭园；

我梦里常游安琪儿的仙府，

白羽的安琪儿，教导我歌舞；

我只晓天公的喜悦与震怒，

从不感人生的痛苦与欢娱；

所以我是个自然的婴孩，

误入了人间峻险的城围；

我骇诧于市街车马之喧扰，

行路人尽戴着忧惨的面罩；

铅般的烟雾迷障我的心府，

在人丛中反感恐惧与寂寥；

啊！此地不见了清涧与青草，

更有谁伴我笑语，疗我饥倜；

我只觉刺痛的冷眼与冷笑，

我足上沾污了沟渠的泞潦；

我忍住两眼热泪，漫步无聊，

漫步着南街北巷，小径长桥；

我走近一家富丽的门前，